MÁXIMAS DO DIRCEU

Dirceu Ferreira

MÁXIMAS DO DIRCEU

Copyright © 2013 Dirceu Ferreira
Copyright © 2013 Editora Gutenberg

Todos os direitos reservados pela Editora Gutenberg. Nenhuma parte desta publicação poderá ser reproduzida, seja por meios mecânicos, eletrônicos ou em cópia reprográfica, sem a autorização prévia da Editora.

EDITORAS RESPONSÁVEIS
Alessandra J. Gelman Ruiz
Rejane Dias

REVISÃO
Cecília Martins
Lúcia Assumpção

DIAGRAMAÇÃO
Ricardo Furtado

CAPA
Diogo Droschi

ILUSTRAÇÕES DE CAPA E MIOLO
Nani

Dados Internacionais de Catalogação na Publicação (CIP)
Câmara Brasileira do Livro, SP, Brasil

Ferreira, Dirceu
    Máximas do Dirceu. – Belo Horizonte : Editora Gutenberg, 2013.

    ISBN 978-85-8235-091-1

    1. Literatura brasileira 2. Livro de frases 3. Máximas
I. Título.

13-09532   CDD-869.9802

Índices para catálogo sistemático:
1. Frases : Coletâneas : Literatura brasileira 869.9802

EDITORA GUTENBERG LTDA.

São Paulo

Av. Paulista, 2.073, Conjunto Nacional,
Horsa I, 23º andar, Conj. 2301
Cerqueira César . 01311-940
São Paulo . SP
Tel.: (55 11) 3034 4468

Televendas: 0800 283 13 22
www.editoragutenberg.com.br

Belo Horizonte

Rua Aimorés, 981, 8º andar
Funcionários . 30140-071
Belo Horizonte . MG
Tel.: (55 31) 3214 5700

A vida seria melhor se não fosse diária.

Millôr Fernandes

Para

Ziraldo, Zuenir Ventura, Tostão, Nani,
Mario Sergio Cortella, Afonso Borges,
Toninho Drummond, Evandro Affonso, Meg,
Paulo Humberto, Luísa, Ninfa Parreiras,
Eduardo de Ávila, Afo, irmã Iracema,
Rômulo Fontes, doutor José Sebastião,
meus irmãos, cunhadas, cunhado e sobrinhos.

Prefácio

Eduardo Gonçalves de Andrade

(Tostão)

Por meio do amigo comum, Toninho Drummond, conheci Dirceu no final dos anos 60. Em 1969, fui operado do olho e fiz parte de minha recuperação em Araxá, terra de Dirceu, de Toninho e de Rominho, amigo de Dirceu. Já conhecia Leila Ferreira, brilhante jornalista, irmã de Dirceu.

Eu, Dirceu e Rominho passamos bons momentos em Araxá. Conversávamos de tudo, de filosofia, de coisas engraçadas e de coisas sérias. Dirceu já escrevia para o jornal *Estado de Minas*, além de ser colaborador d'*O Pasquim*, o mais importante e contestador jornal brasileiro de humor, na época da ditadura.

Dirceu não era apenas um bom frasista, bem informado sobre o mundo e sobre o América-MG, uma de suas paixões. Dirceu era espontaneamente engraçado. Tinha sempre, de improviso, uma frase interessante, que terminava com uma gostosa e inconfundível gargalhada.

Apesar de ser engraçado e de falar muito, Dirceu era extremamente tímido, mais ainda que eu. Um dia, fomos tomar um chope em um bar de Araxá. Sentaram ao nosso lado duas belas moças, mais curiosas em conhecer o Dirceu que o Tostão. Ninguém falava nada. De repente, com sua voz estridente, Dirceu disse a uma das moças: "Por acaso você não é a Marília do Dirceu?", e deu uma gargalhada. As moças ficaram assustadas e foram embora.

Dizem, e Dirceu não confirma, que o grande humorista Henfil se inspirou em Dirceu para criar um de seus mais famosos personagens: "Ubaldo, o paranoico". Dirceu não era paranoico, mas tinha um exagerado medo de ser preso pela ditadura, pois estudava direito na UFMG, um dos principais focos de contestação à ditadura. Para Dirceu, toda pessoa que se aproximava podia ser um delator.

Nessa época, fiz o prefácio do primeiro livro de Dirceu: *Minhas Marílias e seus nomes de guerra*. Uma delícia. Não deve ter sido sucesso de público, já que Dirceu nunca foi um bom marqueteiro, mas foi um sucesso entre as pessoas do ramo.

Depois disso, Dirceu sumiu. Anos depois, soube por sua irmã Leila que ele havia se aposentado e tinha ido morar em Araxá, para trabalhar em obras sociais, onde está até hoje, feliz com sua dedicação ao próximo. De vez em quando, ligo para ele, convido para vir a Belo Horizonte, mas ele não sai de seu canto. Compreendo. Também gosto do meu.

Foi com grande surpresa e alegria que recebi o convite de Dirceu para fazer o prefácio de seu novo livro, com desenhos do humorista Nani, outro craque do humor. Li e adorei. É uma reunião de belas frases e desenhos, novos e antigos.

Relaxe e aproveite do mundo imaginário e engraçado de Dirceu. Você vai adorar.

SOBRE
O DIRCEU

Crônica do jornalista e escritor Zuenir Ventura no jornal *O Globo* sobre o humor em frases do Dirceu, em 17/11/2012.

Zuenir Ventura

Em poucas palavras

"O homem não veio do macaco. Vem vindo." Essa é uma das centenas de frases de Dirceu Ferreira, um humorista mineiro que foi descoberto por Ziraldo nos anos 60, colaborou no "Pasquim", na "Folha de S.Paulo" e no "Estado de Minas" e era admirado por Millôr, Jaguar e Henfil, que se inspirou nele para criar o personagem Ubaldo, o paranoico, aquele que se sentia sempre perseguido pelo regime militar. Publicou livros como "Édipo é a Mãe", "Minhas Marílias e seus nomes de guerra", "... mas pode me chamar de Woody Allen." Depois, Dirceu sumiu, voltou para Araxá, sua cidade natal, e dedicou-se a trabalhos sociais. Durante 20 anos ficou praticamente sem publicar. Fui conhecê-lo na semana passada no festival literário Fliaraxá, onde lançou sua obra mais recente: "Tirem a piscina que eu quero pular", com ilustrações de Nani.

Tostão, o ex-craque de futebol e hoje craque da crônica, fez o prefácio do primeiro livro do amigo, "Minhas Marílias e seus nomes de guerra", que qualifica de "uma delícia" e que, segundo ele, só não faz sucesso de público porque "Dirceu nunca foi um bom marqueteiro". Mas teria sido muito bem recebido pelas "pessoas do ramo". O humor de Dirceu faz pensar fazendo rir, e é impiedoso, às vezes corrosivo, quando se volta contra si mesmo:

"Eu queria ter tido um irmão gêmeo, pra não ter pena só de mim."

"Gosto de mim. É que me contento com pouco."

"Diante do espelho, a indagação: Quem é esse cretino, velho e feio que só sabe me imitar?"

"Nunca vou entrar no céu. Minha esperança é um telão do lado de fora."

"Sou um bom exemplo de mau exemplo."

Ele gosta de brincar com a polissemia vocabular e os duplos sentidos, mas seus trocadilhos não são meros jogos de palavras. Escondem um ceticismo em relação à vida e à natureza humana. Uma de suas técnicas é desmontar ideias feitas e promover a gozação de si e dos outros:

"O cão é o maior amigo do homem. O que o deixa muito mal."

"Ele é heterossexual, mas ainda não teve coragem de contar pros pais."

"Viver é uma doença incurável."

"A decadência moral é mais lamentável do que a física. Mas ninguém morre por causa dela."

"Parentes hoje em dia são aqueles que identificam os cadáveres."

"Atrás de um grande homem existe uma mulher que não consegue ver o filme."

Na imagem abaixo, Henfil faz a dedicatória de *Cartas da mãe*, colocando seu personagem Ubaldo, o paranoico – que simbolizava o medo da repressão no período da ditadura – atrás da orelha do livro, fazendo "Psiu!", o que confirma a suspeita de que Dirceu seria seu inspirador.

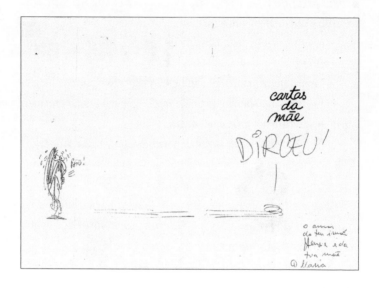

Dirceu
  O amor do teu irmão Henfil e da tua mãe D. Maria

Bilhete do poeta Carlos Drummond de Andrade na época do lançamento, no Rio de Janeiro, do livro *Inconfidências Mineiras de Humor*, em 11/11/1980.

Rio, 11.XI.80

Dirceu:

Obrigado pelas "Inconfidências Mineiras".
Se Minas faz rir, através de você, consola muitos mineiros das coisas tristes que há em Minas... e no Brasil
O abraço de

Carlos Drummond de Andrade

Bilhete do escritor e jornalista Otto Lara Resende por ocasião do lançamento, no Rio de Janeiro, do livro *...mas podem me chamar de Woody Allen*, em 5/12/1989.

OTTO LARA RESENDE

Dirceu,

desculpe a demora.

Andei meio caningado e ainda assim assaltaram minha casa.

"...mas podem me chamar de Woody Allen" me deu oportunidade de reencontrar um monte de gente, que hoje só consigo ver... escrita – o Fábio Perez, o Ronan, a Leda Nagle...

A propósito da interjeição cáspite, não sei se V. sabe que uma vez, há muitos anos, claro, o Murilo Mendes, falando com Juiz de Fora pelo telefone (?), ouviu uma tia exclamar cáspite. Desligou o telefone e correu para a sua (dele) cidade natal.

O que V. atribui ao Nâni (ou ele disse mesmo) parece com a velha boutade (desculpe) do Sérgio Porto. Aquela que dizia que Fulano despontava para o anonimato...

Estou muito reticente (talvez porque ande com cálculos renais). Espero que V. continui aproveitando a sua verve mineira e fazendo sucesso, em livro e no palco (ou no cinema). Sem falar no desenho.

Tudo de bom, em suma. E o melhor abraço, com a admiração do

Rio, 5.XII.89.

Dirceu,

Desculpe a demora.

Andei meio caningado e ainda assim assaltaram minha casa.

"...mas podem me chamar de Woody Allen" me deu a oportunidade de reencontrar um monte de gente, que hoje só consigo ver... escrita – o Fábio Perez, o Ronan, a Leda Nagle...

A propósito da interjeição _cáspite_, não sei se V. sabe que uma vez, há muitos anos, claro, o Murilo Mendes, falando com Juiz de Fora pelo telefone (?), ouviu uma tia exclamar _cáspite_. Desligou o telefone e correu para a sua (dele) cidade natal.

O que V. atribui ao Nâni (ou ele disse mesmo) parece com a velha _boutade_ (desculpe) do Sérgio Porto. Aquela que dizia que Fulano despontava para o anonimato...

Estou muito reticente (talvez porque ande com cálculos renais). Espero que V. continui aproveitando a sua verve mineira e fazendo sucesso, em livro e no palco (ou no cinema). Sem falar no desenho.

Tudo de bom, em suma. E o melhor abraço, com a admiração do

Otto Lara Resende

Rio, 5.XIII.89.

Carta do humorista Henfil na época lançamento do livro *Inconfidências mineiras de humor*, em 1980.

SP 5/11/80

Dirça!

Porém, eu fiquei foi feliz de ver o teu prefácio. Mais feliz ainda de ver que o estilo de seu desenho promete mais do que eu pensava. Manda ver, Ronald Reagan de Araxá!

O livro tá gostoso. Foi isto que senti: gostoso! Parece torresminho. Aliás, ÊPA! ÔBA! em vez de picles, porque você não lança o px. livro com o nome TORRESMINHO ou torresmos? Bão, mesmo que não use, dá para sentir porque precisa individualizar cada frase com torresmo. Torresmo um grudado no outro desvaloriza um e outro. Com carninha (desenhos) então... delícia.

Fininho o livro? Tá na medida, não enjoa.

Mostrei ao Nilson a conta e ele reclamou que ele já havia falado p/ você mesmo desenhar. E agora?

E tome aí um Fradim 30 pra não dizer que eu também esqueci de ti. E você no céu e eu só ó... ó... no céu (ui) Gostoso! Torresmo!

Teu Henfil

Bilhete enviado a Dirceu pelo poeta Carlos Drummond de Andrade pelo lançamento, em Belo Horizonte, do seu primeiro livro, *Minhas Marílias e seus nomes de guerra*, em 1º/12/75.

Dirceu.

Humorista na força do humor pedindo orientação a um velho cronista nem sempre alegre? Que é isso, rapaz?! Você é dono da bola, e o seu livro o demonstra. Continue a nos deliciar com as suas frases rápidas e que dizem tanta coisa, esclarecendo (ou aumentando) o absurdo geral... O que posso dizer de "Minhas Marílias" é isto: Li e gostei. Muito. Abraço cordial de

Carlos Drummond de Andrade

MÁXIMAS
DO DIRCEU

O homem não veio do macaco. Vem vindo.

———∿———

Quem julga os outros se condena.

———∿———

Os amigos de meus amigos ainda bem
que não são meus amigos.

———∿———

Há quem tenha inveja até do enfarte de um amigo.

———∿———

Fala-se na pior das ditaduras como se todas não o fossem.

———∿———

Que pena! Não estar mais aqui para
chorar a minha morte.

Se não existe o diabo, quem inventou a ressaca?

Faça um velho feliz: dê-lhe um *até amanhã*.

Os cães ladram e a hidrofobia passa.

Tristeza não paga dívida. Nem alegria.

Não é a mulher que é sonâmbula. É o marido que ronca.

Os homens são todos iguais.
Dizem igualmente todas as mulheres.

Artístico é a ilusão do nu.

Pelo menos foi o que me contaram – revelou a História.

Sou velho porque não tenho outra coisa para ser.

Viúvo procura arrumadeira que saiba sobretudo
desarrumar a cama.

Ao chamar alguém de imbecil,
diga também a ele a página do dicionário.

Todo dissecador de cadáveres é um
esquartejador por profissão.

"Estrupo" é o estupro da língua portuguesa.

Resposta da prova do Enem:
"A fêmea do peixe-boi é o peixe-vaca".

Viver é uma doença incurável.

Solidão é uma ilha cercada de ilhas por todos os lados.

Mãe de verdade é aquela que de manhã conta que o
filhinho dormiu várias vezes durante a noite.

A gente nasce pra ser afilhado. Não pra ser padrinho.

Os déspotas morrem com uma vida de atraso.

Juízo Final é o despertador do sono eterno.

Onde se lê "Não corra, papai!",
leia-se "Não corra, filhinho de papai!".

Mão fria, coração parado.

Quem cochicha o boato espicha.

Longe é o perto várias vezes.

Quando um mentiroso contumaz fala uma verdade,
ninguém o perdoa.

Onde há fumaça, há pulmão.

A Coca-Cola Zero já deu sua própria nota.

Chega-te aos bons enquanto eles o são.

Diretamente da fábrica ao consumidor: é a poluição.

—◦—

Sou um homem de caráter! No mais das vezes, mau.

—◦—

Não tenho o menor medo de dentista.
Fora do consultório, é claro.

—◦—

A união faz-se à força.

—◦—

Se existisse só felicidade na terra,
o que sobraria para o céu?!

—◦—

O fim do mundo nos transmite aquela sensação
agradável de não morrermos sozinhos.

Vaga-lume é o OVNI dos insetos.

Nem toda regra tem exceção,
mas toda exceção tem uma regra.

Sou cético. Mas só em relação aos céticos.

Pessoas dadas como mortas
geralmente não podem negar.

Uma esmola, ou a vida!

Os urubus ao lado do moribundo só faltam
fazer o sinal da cruz.

Uma pessoa quer me conhecer. Eu também quero.

Trailer é um veículo pra transportar a rotina.

Agosto, a contragosto.

Ser perfeccionista é antes de tudo ser imperfeito.

Foi preso por furtar siris, ostras e caranguejos em um supermercado. Gente, ele estava era prestando um favor!

O problema do *mala* é que ele raramente viaja.

O tédio de hoje será a saudade de amanhã.

Ponto final é aquilo que deveria vir
no começo de certas frases.

Não entro em lojas de grife nem
pra me esconder da chuva.

É muito comum um sujeito que se diz escravo
da sua palavra declarar a própria abolição.

Garçom! A saideira, a conta e uma ambulância!

Na rua escura, o luar brilha, iluminando o assalto.

Final feliz: o amante da mulher se casou
com a amante do marido.

Incrível! Aquele que se vende ainda
acha quem o compra.

Artrose no quadril. Não desejo nem para quem merece.

Ele vive voltado para o lar. No bar da frente.

Homem cai do décimo andar e sobrevive.
Ainda não se sabe pra quê.

Que bom não ter nascido na Alemanha.
Teria que aprender alemão.

———❧———

Gosto de mim. É que me contento com pouco.

———❧———

Nunca tive sorte com mulheres.
E seria um absurdo se tivesse.

———❧———

De iniciativas como "amigo oculto" me
considero inimigo declarado.

———❧———

Big Bang? Deus comemorando a criação do mundo.

———❧———

Uma andorinha só não faz a fauna.

Individualismo burguês é, por exemplo,
ter ciúme de um xará.

Já fugi da capital para o interior. E agora?

Implosão é um empregado engolindo uma tremenda bronca do patrão.

Latejar é a dor em gotas.

Ele está com a faca e o queijo na mão.
E ainda reclama da falta da goiabada.

Seja educado. Não reclame da falta de vagas no ensino.

Um turista japonês passa sozinho.
Deve ter-se perdido dos outros 58.

A ferro e fogo, só churrasco.

Álibi perfeito: como poderia ele cometer este crime se,
na mesma hora e na outra ponta da cidade,
cometia outro?

Deus se esconde para saber quem o procura.

Enquanto esperava Ulisses, Penélope ora tecia,
ora pintava e bordava.

Subir trinta degraus de escada rolante que não funciona
cansa muito mais do que subir 30 degraus
de uma escada comum.

Eu não perdoo quem me perdoa.

O destino é a soma dos imprevistos.

Os bombeiros são chamados para tudo.
Imagina-se que até pra apagar fogo.

Pecar é distrair-se de Deus.

Meus argumentos não me convencem.

Para baixo, toda grande potência ajuda.

Uma injustiça chamar o Joaquim Silvério de traidor.
Ele nunca negou que fosse dos Reis.

Sob neblina, use retorno.

Quem fala o que pensa não pensa o que fala.

———✺———

Todo cidadão tem o direito de ir e vir.
Sobretudo o de parar.

———✺———

Ninguém acredita em paz.
Pelo menos aí, um ponto pacífico.

———✺———

Vinho, quanto mais velho, melhor.
Então, por que bebê-lo?

———✺———

Spa é uma palavra de dieta?

———✺———

Tenho esperança de um mundo melhor. Há 70 anos.

Sou do tempo em que viver perigosamente era um *hobby*.

———&———

Os pais do Aristóbulo o salvaram.
Ele nunca vai formar uma dupla sertaneja.

———&———

A ida começa aos quarenta.

———&———

"Ser ou não ser, eis a questão", disse Hamlet
pouco antes de sair do armário.

———&———

Ah, que saudade do que não fui.

———&———

Ler sem refletir é mastigar sem engolir.

Há jovens que fazem o que podem
pra fazer o que não podem.

Quem avisa credor é.

Morrer para dar lugar a outro?
Ele que espere pra nascer.

Em caso de assalto, não reaja.
Se você não for o assaltante.

Pessoa de boa-fé é a que não acredita em pessoa de má-fé.

Vizinho? Quanto mais distante, melhor.

O maior defeito do meu passado é o seu tamanho.

Para um homem que não gostava de deixar nada pelo
começo, bastou um princípio de enfarte.

Se os homens voassem,
o mineiro jamais abriria mão do paraquedas.

Vim, vi e venci o prazo.

Rei morto, rei deposto.

Redemoinho é o egocentrismo do vento.

Triste é alguém dizer que você tem 72 anos,
quando na verdade só tem 71.

———✧———

Quem vê cara não vê vergonha.

———✧———

Quero ser cremado. Com uma condição: entreguem
minhas cinzas ao aspirador de pó.

———✧———

Verdade seja dita, justiça seja feita,
a justiça foi dita e a verdade foi feita.

———✧———

Nesta terra, em que se plantando tudo a chuva leva.

———✧———

O criminoso fugiu sem deixar pistas.
E alguém acha que ele deveria deixar?

Ele é abstêmio. Mas apenas socialmente.

———⁓———

Geralmente há toque de recolher nas cidades cuja situação desanima qualquer um de sair de casa.

———⁓———

Nascer é dar corda no tempo.

———⁓———

Para os construtores, a maior responsabilidade pela queda de operários dos andaimes é da lei da gravidade.

———⁓———

Troca-se uma namorada linda por um tênis de marca.

———⁓———

Marido chega bêbado altas horas da noite e bate na mulher. Peraí, não era ele que tinha que apanhar?

O caminho mais curto entre dois pontos é o atalho.

Tenho idade para ser meu pai.

Ri melhor quem ri à toa.

Quando se diz "certas pessoas",
nunca se quer dizer "pessoas certas".

Filósofo é aquele que descreve de ponta a ponta o infinito.

Não sou medíocre. Tento melhorar pra ser.

O desmaio é a amostra grátis da morte.

Existe mesmo a levitação? A dúvida paira no ar.

Humorista é um palhaço que faz sorrir.

Não entendo quem sai no meio de uma reunião.
Afinal, teve tempo de sair antes.

Toca piano de ouvido. Um fenômeno o malabarista.

A incompatibilidade de gênios que justifica certas separações já não existiria antes dos casamentos?

—⟡—

Toda nudez será explorada.

—⟡—

Sinto muita saudade do Rio. Quando estou lá.

—⟡—

Uma ótima opção pra quem gosta de telenovelas:
não gostar.

—⟡—

Velhice, ó velhice, para onde levaste o meu futuro?

—⟡—

Todos os sócios têm direito a uma retirada. Em caso de
falência, em especial, para um destino ignorado.

Se não existe mais limbo,
para onde vão os malas quando morrem?

—◦—

Qual é, chefe! Quem chega em cima da hora é o cuco!

—◦—

O Brasil é um país cem por cento corrupto.
Porque não tem jeito de ser mais.

—◦—

Teve que ser levado às pressas para o hospital.
Ele, o cheque.

—◦—

Estou numa idade em que uma afta pode ser fatal.

—◦—

Sou contra matar o frango,
mas inteiramente a favor de comê-lo.

Líquido e certo, no mundo,
só mesmo o derramamento de sangue.

A saudade é a ficção da memória.

Genética é a ciência que prova que temos
o mesmo sobrenome dos nossos pais.

***

Meu epitáfio é segredo que vou levar para a sepultura.

***

Com tantos alcoólatras, viciados em drogas e
neuróticos por aí, não seria o caso de criarem
também os Saudáveis Anônimos?

***

Sou corrupto, amoral e tudo mais, mas num
universo imenso desse jeito, eu represento
uma falha bastante insignificante.

***

Endireitar um país não é levá-lo para direita.

***

Alarme de carro só toca
quando ele não está sendo roubado.

"Quem sou eu para julgar os outros?",
filosofou o juiz diante do réu.

Criadores, não percam uma boa ideia – se for sua.

À ditadura para defender a democracia é preferível a democracia para defender a ditadura.

Não há nada mais assexuado que mulheres que se vestem na última moda.

Dizem que a vida é curta. Em relação a qual?

A visita só é bem-vinda quando não estamos em casa.

Em sociedade tudo se sabe – não necessariamente em termos de cultura.

Vírgula é o tropeço da frase.

Como chefe de compras, a única comissão que ele rejeitou foi a de sindicância.

Quando o orador tira algumas laudas do bolso, a plateia é que dorme de improviso.

Se não existisse dinheiro, não haveria nem pobres,
nem ricos – nem falta de troco.

Tudo certo: depois de enganado pela medicina,
ele foi desenganado por ela.

Não devemos desejar para os outros aquilo
que os outros desejam para nós.

O ET de Varginha nunca existiu.
Mas foi por causa dele que Varginha passou a existir.

Minhas últimas palavras? Espero que não sejam estas.

O choro é a tristeza falando.

A luta contra a rotina é sempre a mesma.

Não há ginástica mais eficaz pra mulheres
perderem a barriga do que o parto.

Olho por olho, lente por lente.

———ᔑ———

Ainda sou do tempo em que natureza morta
era só uma forma de pintura.

———ᔑ———

Charuto é o cigarro que se descuidou do peso.

———ᔑ———

Aqueles que vivem reclamando saudades da infância
geralmente são os que menos se afastaram dela.

———ᔑ———

Dizem que devemos aprender a confiar nas pessoas.
Mas aprender com quem?

———ᔑ———

E agora os sete já pra fora, que a Branquinha aqui
precisa do quarto de espelhos para faturar!

Humilhante não é cair, mas sim tropeçar antes.

O diretor tem a chave do sucesso.
Coincide com a do seu apartamento.

Gay, o lado feminino da mulher.

Não devemos trocar o certo pelo duvidoso. Duvidoso?

Ele é um apreciador de bons pratos. Mas só em vitrines.

—⁊—

Começamos a esquecer quando só nos resta lembrar.

—⁊—

Fiado só para filho de mãe solteira,
acompanhado do pai ou responsável.

—⁊—

Amor à primeira vista
costuma resultar em ódio à última.

—⁊—

Antes só do que ninguém.

—⁊—

Jamais diga desta água não beberei.
Mas não a beba nunca.

Dois bicudos não se beijam, mas se reproduzem.

E a arma com silenciador, hein?
É pra ser usada depois das 22 horas?

Como são admiráveis as pessoas que nos admiram.

Ler ou não ler o livro.
Eis a dúvida dos brasileiros antes de não lê-lo.

"Terra à vista", gritou o marciano antes de mudar de rota.

Abra a janela e deixe o lado de fora entrar.

Metade da população é a favor do divórcio. A outra metade prefere permanecer solteira.

O mau-caráter a gente conhece até pelo pigarro.

Há males que vêm para bem pior.

———∾———

Ditadura é o surto da democracia.

———∾———

Não adianta esfregar. Ruga não sai com sabão.

———∾———

Eu vou, mas meu nome fica. No epitáfio.

———∾———

Não confie num estranho.
Lembrando que isso vale para os dois.

———∾———

Para o egoísta, caridade é cleptomania
com efeito contrário.

Quadrado adora mesa-redonda.

Sou desconfiado e o resto não é digno de confiança.

Se você quer fazer as pazes, então brigue.

Por que a cobra existe? Só pra gente perguntar.

O bem é uma colher de chá do mal.

O pensamento positivo é aquele
que vem antes do resultado negativo.

O retângulo é um quadrado fazendo alongamento.

Pitbull estranha o dono. E quem é que não o estranha?

A dúvida é esta: qual vou comer primeiro,
o ovo ou a galinha?

Sou um bom exemplo de um mau exemplo.

O problema da velhice é que ela chega justamente
quando não temos mais mocidade para enfrentá-la.

Pense sempre no melhor. Ou seja: no menos pior.

———❧———

Farmácia é onde se vendem efeitos colaterais.

———❧———

A fé e a ciência andam juntas,
com um segurança no meio.

———❧———

Eu queria ter tido um irmão gêmeo,
pra não ter pena só de mim.

———❧———

O pior já passou. Pra frente.

———❧———

A boa notícia é que parou de fumar hoje;
a má é que morreu.

Falsa modéstia é a modéstia propriamente dita.

Até que a vida a dois vos separe.

Viver a velhice é soprar velas apagadas.

Os nomes eram fauna e flora,
se não me falha a memória.

———

Se onde o cavalo de Átila passava não nascia mais
capim, o que ele comia na volta?

———

Palavra de honra quase nunca é palavra de honrado.

———

A justiça é cega. Mas só pra inglês ver.

———

Quem morre antes tem a vida eterna maior.

———

A religião não é o ópio do povo.
O ópio é que é a religião do povo.

Em brigas de marido e mulher não
se deve meter a estatística.

Sessão ordinária da Câmara. Para não dizer algo pior.

Onde há luz, há esperança de que as lâmpadas
não se queimem tão depressa.

Deus escreve certo em linhas tortas.
O racionalista lê torto em linhas certas.

Detesto conviver com pessoas fingidas,
mas elas nem notam.

É lua cheia ou nova? Não faz a menor
diferença para quem está dormindo.

Consciência limpa não passa de memória embaçada.

Se eu tivesse olhos azuis,
pelo menos eu teria olhos azuis.

Amor sem amor é que se paga.

—*∿*—

Nunca vi cair neve. Entendam,
estou é contando vantagem.

—*∿*—

A celebridade só se esconde depois
que todos ficam sabendo onde.

—*∿*—

A decadência moral é mais lamentável do que a física.
Mas ninguém morre por causa disso.

—*∿*—

É fácil saber quando uma criança faz um malfeito.
Quando a mãe vem e diz: "Bem feito!"

—*∿*—

O arco-íris é um *marketing* do céu.

Devagar se vai ao atraso.

Nunca vou entrar no céu.
Minha esperança é um telão do lado de fora.

Reticência é o ponto final dos indecisos.

Para a namorada volúvel não há nada
como um outro depois do dia.

Quando um burro fala, o outro não muda de canal.

O milionário ainda não morreu.
Mas os familiares já aceitam pêsames.

Pelo menos minha insignificância é significante.

Mas, doutor, pra tirar a aliança precisava extrair o dedo?!

A vaidade é o arquivo dos elogios.

Amigos são aqueles que têm os mesmos defeitos que nós.

Deus dá o frio pensando na distribuição
justa do cobertor.

A maior frustração do ponteiro do relógio
é não poder voltar sozinho.

O Brasil seria um lugar maravilhoso.
Pena ter sido descoberto.

Se Deus não existisse, muito menos nós.

O problema da fome é empurrado
justamente com a barriga.

Quem rouba de ladrão passa a correr o mesmo risco.

Uma coisa que me intriga?
Por que o assaltante nunca é assaltado?

Viajar é bom, mas deixar de viajar é melhor.

A morte é um bom programa para
um fim de semana.

O buquê é a gaiola das flores.

— NÃO SOU DESSAS QUE ANDAM POR AÍ, NÃO.
EU PARO.

Certas mulheres dão a impressão de que só engravidam para entrar na fila preferencial.

Indiferente ao mistério da criação, a galinha bota.

Lá se vai o último bem do falido. Os amigos por enquanto só hipotecaram a solidariedade.

O único defeito da mãe do juiz de futebol é ser sua mãe.

Muito trovão é sinal de muito relâmpago.

Ah, quem me dera morrer apenas de um peteleco.

Nem defeito, nem virtude. A velhice é finitude.

Basta uma criança dizer que tem cinco sentidos para encontrarem nela um sexto.

Ele é heterossexual, mas ainda não teve coragem
de contar pros pais.

———✃———

Quem ri por último entende pior.

———✃———

As ondas de nostalgia passam sem deixar saudade.

———✃———

Diz o jornal: "Idosa cai no golpe da Mega-Sena".
Digo eu: ela e milhões de brasileiros.

———✃———

Com a faca da fé, descasco o mistério.

———✃———

As companhias aéreas vendem passagem de ida-e-volta.
Mas não garantem nenhuma das duas.

Ele só deixará de acender uma vela pra Deus
e outra pro diabo quando acenderem quatro pra ele.

E o bicho da seda, hein? Esse nunca me enganou.

Pela primeira vez num romance policial o mordomo foi
a vítima do crime. Mas há suspeita de suicídio.

Sou do signo daqueles que não acreditam em horóscopo.

O primeiro erro de cálculo de alguns engenheiros foi a própria escolha da profissão.

Quando falamos pouco, não quer dizer
que precisamos ouvir muito.

———∾———

O único sonho de infância que realizei foi crescer.

———∾———

Quando um homem público diz que não tem nada a
esconder é porque já está escondido.

———∾———

Nariz é o chafariz da gripe.

———∾———

Soníferos são a carochinha dos adultos.

———∾———

Ucraniana morta deixa tataranetos, bisnetos,
netos, filhos e sua própria mãe.

Quando um não quer, dois o obrigam.

———∽———

Pessoalmente achei seu livro sensacional. Mas como crítico literário achei simplesmente uma droga.

———∽———

Nos tiroteios entre traficantes,
a gente torce por todas as gangues rivais.

———∽———

O cúmulo do sadismo é servir
sopa de letras a um analfabeto.

———∽———

Quem fala que é simples, se fosse não diria.

———∽———

Eu acreditaria em Deus mesmo que ele não existisse.

Não sou eu que penso diferente dele.
Ele é que pensa diferente de mim.

Não é a gente que olha só os defeitos dos outros.
Os outros é que mostram só os defeitos para nós.

Envelhecer? Pedir alguém para trocar
a lâmpada do abajur.

———— ❧ ————

De chilique, o relógio faz taquetique.

———— ❧ ————

Ela sabe que é bonita. E pior: sabe também que não sou.

———— ❧ ————

Amanheci com mau pressentimento.
Tomara que seja apenas uma tempestade.

———— ❧ ————

Dizer que toda estatística é falsa é uma injustiça
que se comete contra 5% delas.

———— ❧ ————

As riquezas da Amazônia estão sendo preservadas.
É o que afirma quem as está levando.

Com raiva do vento, as portas batem.

Ateu, até o primeiro relâmpago.

Marido que chama a mulher de patroa
deve ser demitido na hora.

Filho de peixe, orfãozinho é.

Não adianta mudar para longe: os vizinhos já estarão lá.

À empáfia de um transatlântico,
prefiro a humildade de um submarino.

———❧———

De vagão em vagão, não se chega à estação.

———❧———

Nos momentos mais críticos da nossa história,
São Paulo sempre esteve ao lado de Minas.
Quem duvidar é só olhar no mapa.

———❧———

Corajoso é alguém que sofre de coragem.

———❧———

O champanhe não compensa o esforço
de abrir a garrafa.

———❧———

Para o bom entendedor, uma só palavra basta:
pretensioso.

Marconi inventou o rádio para ter
onde guardar as pilhas.

———⁊———

Eu não sou feio. Apenas nasci com minha careta.

———⁊———

As críticas que me fazem entram num ouvido e saem
pelo outro. No mínimo umas trinta vezes.

———⁊———

Incrível! Mulher nua até em propaganda de vestido!

———⁊———

Ela finge que o ama. Ele finge que acredita.
Tem tudo pra dar certo.

———⁊———

Em pleno barulho, descansa o silêncio.

Não gosto de palavrão: nem mesmo que seja uma palavrinha.

O cão é o maior amigo do homem.
O que o deixa muito mal.

DIZEM QUE A GENTE NÃO PERDE POR SER HONESTO.
MAS COMO DESONESTO EU GANHO MUITO MAIS.

Parentes hoje em dia são aqueles
que identificam os cadáveres.

⁓

Na velhice os dias custam a passar,
mas os anos voam.

⁓

O homem chorar não é mais vergonha. Soluçar ainda é.

⁓

Na separação, aquela que deseja muito pra deixar é
justamente aquela que deixa muito a desejar.

⁓

Devemos estar prontos para morrer
pra morte não ter que esperar.

⁓

As joias são verdadeiras,
mas as mulheres as usam por pura imitação.

Sabedoria é o filtro da erudição.

O problema não é ser feio: é ter amigos bonitos.

O papagaio é um animal que perdeu uma boa oportunidade de ficar calado.

Ninguém gosta de quem tem carência afetiva.

O filho de Prometeu chamava-se Não-cumpriu.

———— ✧ ————

Quando uma mulher muito chata morre de mal súbito,
pode o viúvo morrer de um bem súbito?

———— ✧ ————

O dinheiro não é tudo, mas a falta dele é nada.

———— ✧ ————

Só nossos verdadeiros amigos são capazes
de nos decepcionar.

———— ✧ ————

Um grande favor não se esquece.
Quando a gente faz, claro.

———— ✧ ————

Ainda novo mostrava uma grande inclinação:
para corcunda.

Cesteiro que faz um cesto faz um cento.
E não faz mais que sua obrigação!

Até hoje quem aceitou o desafio do
Nordeste foi só o violeiro.

"Deus não existe", diz o ateu enquanto
espera o mundo desmoronar.

O ideal é ser famoso para um número restrito e
selecionado de pessoas.

Não tive um filho. Pra ninguém dizer a ele
que é a cara do pai.

Atrás de um grande homem existe uma mulher
que não consegue ver o filme.

Quando cientistas afirmam que há vida em Marte,
estão querendo provar a vida de cientistas na Terra.

Desses ventríloquos que só fecham a boca
pra falar besteiras.

Acabou meu complexo de inferioridade.
Ficou só a inferioridade.

"Venho em missão de paz", foram suas últimas palavras.

- CARATIM, SEU EX-SÓCIO VAI TE PROCESSAR.
- NÃO FAZ MAIS QUE A OBRIGAÇÃO.

Confie desconfiando.
Ou melhor, confie com dez fiando.

———∾———

Minhas frases têm sentido, sim:
da esquerda para a direita.

———∾———

Quem ama o feio, bonito lhe desaparece.

———∾———

Não confundir quem tem tudo a tempo e a hora
com quem tem o tempo e a hora mas não tem tudo.

———∾———

O sonho é um filme cujo diretor é o subconsciente.

———∾———

É preciso ficar com um pé atrás com as pessoas – já que
é impossível ficar com os dois.

Apesar de tudo que falam de mim,
tenho a atenuante de concordar.

—⁓—

Sabem a piada do banqueiro super-honesto?
Acabei de contá-la.

—⁓—

Que alívio! Já não estou mais na idade
de morrer antes da hora.

—⁓—

Música experimental é aquela que tenta
tirar *blues* de britadeira.

—⁓—

Depois da tempestade vem a lambança.

—⁓—

É, mas pra eu estar tão bem de vida assim agora,
você não sabe o que meu sogro já passou...

O idoso é tido e havido como tido e havido.

Como dizia a anciã de 116 anos:
"Ah, que saudade dos meus 98!"

A uma crítica construtiva prefiro
um elogio inconsequente.

—ɷ—

Não confie em sua memória. Esqueça logo!

—ɷ—

Até hoje a única pessoa que dormiu contando
carneirinhos foi o pastor.

—ɷ—

É mais fácil encontrar uma agulha no
palheiro que uma costureira.

—ɷ—

Da discussão nasce a luz.
Especificamente falando, a luz eterna.

—ɷ—

Ele, ainda jovem, já queria ser crítico.
E nem a terapia o impediu.

Dilema: se você acorda de um pesadelo,
você cai na realidade.

Ele diz que não tem medo de morrer. Na verdade,
está dizendo que não tem medo é de mentir.

Mas, doutor, pra tomar o pulso é preciso tomar o relógio?

Geralmente se diz que não têm noção do ridículo as pessoas que o praticam com perfeição.

Quem diz que não tem momentos
de cretinice tem mais este.

———⁂———

Faça uma criança feliz: chore.

———⁂———

Em vinte anos de casados, eu e minha mulher nunca
discutimos. Sempre a deixo falando sozinha.

———⁂———

Lançaram a pedra fundamental do edifício –
no construtor em atraso com a obra.

———⁂———

Comprovada a existência da maçã do rosto,
a reputação do Guilherme Tell ficou salva.

———⁂———

Mais deprimente que a exploração do sexo,
só a imploração do sexo.

A um homem muito alto que não se aceita,
só resta ser corcunda.

———⚮———

E quando o lobo-mau abocanhou o bolo que o
Chapeuzinho Vermelho levava para a vovozinha,
morreu envenenado.

———⚮———

O verdadeiro imprevisto de última hora é o mal súbito.

———⚮———

Neném abandonado já fala direitinho:
Cadê papai? Cadê mamãe?

———⚮———

Se você já escreveu um livro, teve um filho, plantou uma
árvore, agora só falta encontrar o sentido da vida.

———⚮———

Corre aqui pro colinho da mamãe, Abel.
Deixa esse Caim pra lá.

Um sorriso forçado é mais uma postura de ioga.

Conte até vinte antes de revelar um segredo de amigo.
Depois resuma pra recuperar o tempo.

Dizem que todos merecem uma segunda chance.
Na verdade, a maioria não merece nem a primeira.

Apaixonamos em dose única e nos desapaixonamos
em doses homeopáticas.

É dessas beldades que só usam a cabeça pra se pentear.

Assaltava com arma de brinquedo.
Não se pode mais levar ninguém a sério.

Não sou muito chegado em quem é muito saído.

Aristóteles ensinava andando.
Os alunos nada entendiam parados.

Meu passado me condena.
Pior: meu presente não me absolve.

Diante do espelho, a indagação: quem é esse cretino,
velho e feio que só sabe me imitar?

Numa roda de velório, várias pessoas disputam
quem era mais amigo do morto.

Antes de inventarem o travesseiro,
a humanidade vivia com labirintite.

Nada humilha mais o enfermo do que febre de 37 graus.

Em um vigésimo andar, o máximo que olho pra baixo é até o meu sapato.

Não há nada mais distante que primo de terceiro grau.

Em crimes de 50, 60, 80 facadas, o que impressiona é o sangue frio do criminoso para arredondar.

Depois de apelar pra todos os recursos da medicina,
o médico finalmente ficou rico.

Não tinha onde cair morto; por isso caiu morto.

Quem diz que os fins justificam os meios esquece
quaisquer princípios.

Morrer é amar a vida sem ser correspondido.

Nem só de pão vive o homem.
É indispensável também a manteiga.

O detalhista já tem quase tudo preparado pra morrer.
Só falta encontrar alguém especial
para lhe fechar os olhos.

Não confio em pessoas de duas caras. Nem espero o contrário a meu respeito.

Aviso numa porta interna do banco: entrada permitida somente para funcionários e assaltantes.

Máximas em Manchetes

Na UTI, paciente faz sinal de positivo e
é enterrado com ele.

———✿———

Banda toca Hino Nacional em jogo de futebol de botão.

———✿———

Engolidor de fogo adia apresentação por causa de azia.

———✿———

Carro carregado de explosivos e guiado por
homem-bomba é multado por pneu careca.

———✿———

Concerto a quatro mãos não foi aplaudido por duas.

———✿———

Menor abandonado assalta maior que abandona.

Atirador mata o homem da cobra e, a pedido de
populares, mata também a cobra.

———∿———

Descobertas as verdadeiras últimas palavras de Nero:
"Por favor, esqueçam o que acabei de dizer."

———∿———

Travesti tira seio pra se coçar.

———∿———

Morre no SUS cardíaco que teve a consulta
prontamente marcada.

———∿———

Na falta de gilete, homem tenta cortar o
pulso com barbeador.

———∿———

Nos aeroportos, cães farejadores se tornam dependentes.

———∿———

Bombardeio mata 93 civis e 7 militantes inimigos
(estes últimos ainda não confirmados).

Vinte homens fortemente armados roubam celular
de velhinha aposentada.

———✺———

Na colônia de nudismo, mulher de longo
leva os homens à loucura.

———✺———

Órfão de pai e mãe morre. Aos noventa anos.

———✺———

Polícia prende assaltantes do banco e recupera
todas as embalagens do dinheiro.

———✺———

Radiografia mostra bisturi esquecido dentro do operado.
Hospital destaca a importância do Raio-X.

———✺———

Modelo magérrima convidada pela *Playboy*
para ser sua assinante.

———✺———

Caminhão perde o freio e o motorista.

Autorretrato

Meu nome é Dirceu Alves Ferreira. Nasci em Araxá, Minas Gerais (e os leitores vão me perdoar a dupla esnobação), em 1941. Quanto à minha velhice em si, embora alguns a vejam como uma fase bela, juro que jamais sentirei saudades dela. Por causa da minha faixa etária, inclusive, um geriatra amigo meu me garantiu que, se eu continuar envelhecendo como estou, inevitavelmente sofrerei distúrbios fisiológicos que me levarão à morte. Ainda vivo por pura rejeição do lado de lá (rejeição dele, não minha).

Politicamente, sou de esquerda, embora a direita diga que ela não existe. Acho o capitalismo selvagem um pleonasmo. Amante da liberdade, esse foi um segredo que guardei durante toda a época da ditadura. A respeito do aquecimento global, entendo que em breve só existirá ovo frito, e meu entusiasmo pela flora e pela fauna se justifica porque sou saudosista. Considero-me um feminista mais convicto que qualquer mulher, sendo por isso chamado de machista. Confesso que não sou dono da verdade, apenas a alugo. Afinal, confiando que o fim do mundo é pura invenção de realistas, garanto que sou muito otimista em relação ao passado.

Este livro foi composto com tipografia Electra e impresso
em papel Offset 90 g/m² na Gráfica Paulinelli.